无题集

刘伟冬　著

作家出版社

作者简介

刘伟冬，笔名漠及，1960 年 12 月出生于江苏南通；现为南京艺术学院院长，《美术与设计》主编；长期从事中外艺术史研究，关注当代艺术思潮，出版有《图像的意义》《东西艺谭》等学术著作。同时，从事油画、小说、散文和诗歌的创作，出版有《花景——刘伟冬油画作品集》、散文《风铃》和诗集《无花果》《念念不忘》《香水王国》等。

目 录

自序

　　我将这本诗集定名为《无题集》很大程度上是出于懒惰，用所谓的无题将作品归为一类的确非常省事。其实，无题本身就是一个题目，一种态度。我的有些无题诗的主题还是非常明确的，并非真正意义上的无题。但有时候冠以无题反而要比贴上一些似是而非的题目更能牵引出是诗的内涵和意义，有点儿"此时无题胜有题"的意思。当然，也有不少诗确实只是一时的心绪和感触，无以冠名，倒也成了货真价实的无题诗了。

　　我对自己的诗歌并不太满意，但我满意的是自己的创作状态和创作热情，年近花甲，却一直在坚持创作。因为一旦写诗，我就会产生一种游离的幻觉，帮我摆脱日常工作和生活中的一些烦人的琐事。诗歌的王国虽然激荡但十分纯净，这对我来说的确是一种享受，对诗歌的沉浸犹如平日里的发呆，可以调整节律，净化心灵。当然，写诗并不只是为了逃避，真正的动力还是源自于内心的那份热爱，在我现在的阅读中诗歌总是首选的。马尔克斯曾经说过：任何时候我们都不能丧失爱的能力。对我来说任何时候也不能丧失用文字表达爱和思想的能力，因为诗歌在爱的原野和思想的海洋里总是在领航的。

是为序。

无题 1

请给我一个春天

我会证明

冬天里的枯叶

有过绿色

请给我一个夏天

我会酝酿

将春天的细雨

变成热浪

请给我一个秋天

我会设法

让夏天的流火

化为清风

请给我一个冬天

我会尽力

把秋天的惆怅

全部雪藏

请再给我一个冬天

我会保鲜

每一片绿叶

每一朵鲜花

让它们在春天里

再一次绽放

无题 2

现在

当我看见旭日

不再会心潮激扬

看到夕阳

也不会暗自神伤

日出日落

仅仅是

天地间的一次猫藏

不用寻找

也不用猜想

这种游戏

早已习以为常

只是看见日出

我又多了一天的成长

看见日落

我又失去了一个梦想

无题 3

长长的身影

印贴在地上

我知道

此刻的夕阳

正紧盯着

我的后背

也许是我

自作多情

但我依旧

挺直腰杆

不畏路遥

昂首前行

与光明

渐行渐远

直到在黑暗中

走丢了

自己的影子

无题 4

看着

下山的夕阳

我知道

明天它还会照样升起

看着

满天的星星

我不知道

今夜会有多少人死去

无题 5

你捧着一簇满天星

就像捧着一片天空

你隐去的微笑

那是下了山的太阳

而你忧郁的眼睛

分明是月亮

和月亮的影子

无题 6

三生三世

只是一种期许

实难成真

十里桃花

也是一时虚景

转眼即逝

无题 7

这好像是一道

我一生都没做对的

数学题

忘了是代数

还是几何

无论老师怎么演示

即便照着同学的作业本

我也会抄错最后的得数

老师打出的大红叉

力透纸背

直刺眼球

让我的青春梦

还有中年梦

有一半是上着数学课

不是我笨

也不是粗心

人的一生

总有一两道题

你会永远找不到

正确的答案

无题 8

栀子花香

像是美人窝的芬芳

一波接一波

扑面而来

浓郁得

让空气变重

清风变稠

让鼻子失去了嗅觉

藏一朵栀子花

在衣兜里

能香上一整年

续上来年花开的时节

那你就是永远的新娘

即便打碎一瓶

香奈儿五号

让前调中调后调

尽情交融

充分发挥

那也就是

一缕轻风

一阵香雾

好像一位时装模特

在你眼前晃过

留下了

一个飘逸的背影

一串狐形的步履

还有鼻尖上的

那一点点

似浓却淡的暗香

无题 9

满天的星星

你只要选中

其中的一颗

它便属于了你

至少在今夜

因为

此时此刻

除了你

没有人

与它对视

与它交流

没有人

注意它在闪烁

它在潜行

也没有人

能从你的眼里

抑或你的心里

把它拿走

无题 10

午夜

我期待睡去

好让五彩的梦

填满

还剩三四个小时的黑夜

我睡着了

做梦了

但并不斑斓

连玫瑰百合

还有唇印和月亮

都是黑色的

我做黑色的梦

是因为我有着

黑色的眸子

我做黑色的梦

是因为我

闭合着双眼

没有光线

照进我的心灵

无题 11

张开手掌

又紧紧握上

我想抓住

一片薄薄的阳光

其实

只要天上

升着太阳

你的手

无论松开

还是握紧

你都会拥有

一身的光芒

无题 12

暮光中的田野

沉默不语

河边的水牛

更是郁郁寡欢

只有树上的麻雀

叽叽喳喳

吵闹不停

仿佛黄昏时分

是它们最后的节日

五月水田里的稻子

阳光下是绿的

月光下也是绿的

它们正耐心等待

开镰的时刻

好让自己

在打谷场上

和太阳一样

金光灿灿

无题 13

灰黑的雨云

遮住了太阳

列车

在雨中穿行

地平线的上方

忽然斜拉起

厚厚的帷幕

露出了

一线天堂的光明

无数的光柱

像窗外倾泻的暴雨

洒泼在

遥远的田野里

无题 14

太阳

也会低过树梢

麻雀

追逐着

最后一缕暮光

比太阳

飞得还高

浓淡相间的远山

几层的绵延

变成

沉沉的一线

收割完的田野

空旷而静谧

像昏睡一样

幽深

四处散落的麦穗

没有等到

孩子们的捡拾

他们有太多的作业

需要抄写

暮色中

被遗忘的麦穗

在晚风中

喃喃细语

传递着

只有农民

才能听懂的奥秘

脚下的田埂

突然失去了方向

只能朝着

狗叫的地方

慢慢走去

无题 15

我非庄子

梦不见蝴蝶

自然

蝴蝶也梦见不了我

即便做梦

那也是作茧自缚

自讨苦吃

不是快死的王子

就是活着的奴隶

让漆黑的流梦

更加沉重绵长

我也期盼

能够破茧化蝶

做一次自由的飞翔

去看看

茧壳之外的天地

顺便采撷一些

花的密语

我没有野心

不想在亚洲

用微弱的颤动

换来一场

南美的狂风骤雨

我只想

立足本土

解开花的密语

重续那场

未有结局的

爱情故事

无题 16

相守三天

却要用一生

去忘记

这是爱

也是恨

是幸福

也是毁灭

无题 17

有一种思念

是有形的

它是一轮明月

是一枝玫瑰

一杯咖啡

一壶清茶

有一种思念

是无痕的

它是一帘幽梦

是一夜无眠

一丝清风

一缕暗香

无题 18

我更愿意

行走在

童年的黑夜

虽然充满恐惧

但夜色

黑得纯净

无题 19

那是一场初恋

我依旧

记得你的名字

却记不清

当初的模样

但它映放的微笑

依稀灿烂

你现在何方

依旧蛰居故里

偶尔也会想起

那晚白色的月光

还有那一阵阵

轻徐的江风

那是我一生的

第一次拥抱

我相信

也是你的第一次

我们彼此拥抱

拥抱彼此的战栗

彼此的愿景

满眼

都是闪烁的星星

满天

都是星星在闪烁

抑或我们现在

住在同一座城市

看着同一道

日落的光

淋着同一朵

云下的雨

走着同一座

回家的桥

但永远也不会

同在一个屋檐下

无非是变老了

无非是陌生了

无非还在怨恨

无非早已忘却

但你的名字

我会不经意地想起

就像想起

童话故事中

一个我曾经

喜欢的人物

无题 20

其实

诗与远方

没有关系

心在远方

诗才变得遥远

无题 21

每当我

读到一首好诗

体内诗性的灯芯

就会被点亮

照亮我的灵魂

我也就会

不停地去写

我想

绝大多数诗作

都是这样写成的

于是

我们就有了

诗的历史

就像夏季

蒲公英的种子

只要看见

我们都有

吹散它的欲望

你不去吹

风也会把它吹散

像诗的幽灵

在自然的

每一个角落飘荡

来年的夏季

它们又会花开天际

演绎生命的奇迹

和诗的历史

无题 22

每当我

午夜归来

巷口的那扇小窗

总闪烁着光芒

像出炉的钢水

溢出一股

金色的暖流

我不知道

点灯的人是谁

也不知道

他或她是何方人士

是在秉烛夜读

还是在赶写一封

明早必须寄出的情书

抑或

是在为一位故人

点亮回家的路

抑或

是害怕被黑暗包裹

用灯把梦照亮

今夜

当我归来

窗口的灯火

熄灭了

而此时

月色正明

是你已经入梦

不再害怕

黑暗的睡眠

还是背起了行囊

去寻找那位

远在天边的收信人

或许

还有一种可能

你关上了灯火

是为了

让如水的月光

更加纯净

今夜

我躺在黑暗中

梦里

却亮着一盏灯

无题 23

打开窗户

没有了

玻璃的隔挡

阳光

更加清澈地洒落

像一桶透明的色拉油

倒翻在地板上

肆意流淌

窗外的夹竹桃

不知何时

开出了

第一朵

粉色的花儿

无题 24

黄昏的大雪

纷纷扬扬

从天而降

而我梦中的迷雪

却不知

从何而来

又落在了何处

.

无题 25

窗外

城市闪烁的灯火

像是

泻落的银河

一闪而过

原野沉寂的黑暗

像是

死亡的隧道

随影而行

列车瞬间的交会

像是

陨落的彗星

轰然而至

无题 26

一片片

梧桐叶

飘零地上

让一块块

沉寂破旧的地砖

欣喜若狂

以为自己被贴上了

金色的邮票

随着秋风

将被投递到

更遥远的地方

无题 27

夜晚

没有去仰望星空

都不能说是

度过了完美的一天

个体

没有遭受过磨难

都不能说是

经历了完整的生命

无题 28

今年的第一场雪

来得特别早

雪片像雨珠

湿重而细碎

直线落地

没有了

回眸与顾盼

是因为你

早早地就被

赶出家门

心怀忧伤

不想起舞

也不想飞扬

含着湿重的泪水

义无反顾地

零落成泥

走向坟场

无题 29

我见过雨巷里

开着的丁香

带着诗意的惆怅

还记得有一位姑娘

用一把油纸伞

遮挡了

那年绵绵的春雨

也遮挡了

那年如水的月光

我好像

又没有看见过丁香

不知道它的颜色

也没有闻嗅过

它的芬芳

我见过的丁香

早已凋零

凋零在了那年的诗里

那年悠长的雨巷里

无题 30

我要把生命

化为满天的星星

让天使去感受

宇宙的运行

生命的律动

爱的力量

爱的无限

无题 31

我以为

这个春天会属于我

面朝大海

春暖花开

但属于我的

却是炙热的夏季

除了流汗

一事无成

秋天里也没有收获

大汗淋漓

没有能掀起

金色的麦浪

刈后的地里

也没有剩下一个麦穗

我看见了

梧桐叶落

大雁南飞

冬雪如约而至

铺天盖地

过了立春

也没有一点

消融的迹象

我还能期待

来年的春天吗

无题 32

春天的校园

繁花似锦

鲜艳而娇嫩

我愿意像一位

巡夜的更夫

提着灯笼

来回行走

为花儿驱散

黑暗包裹的噩梦

冬天的校园

像是收割过的田野

荒芜而静寂

没有了颜色

没有了期待

我倒成了一个

懒惰的农夫

再也没有心思

去打理土地

无题 33

十月

树木依旧葱茏

但我看见了

葱茏中的些许黄叶

它们是夏的叛徒

秋的信使

此时的秋意

还很单薄

像一片片透明的浮云

罩不住太阳的热力

只是

清晨有点湿

傍晚有点凉

莲蓬还未摘尽

梧桐还未落叶

但我感觉到了

北方的风雪

已经上路

它们正日夜兼程

渐行渐近的脚步

一点点地

增添着秋的分量

草叶浸透了露水

田野覆盖着白霜

让秋意变得厚重

终于

北风呼啸而至

大雪满天飞扬

秋天走了

冬天来了

秋天

之所以比冬天命薄

是因为它没有

绒绒厚雪的温暖拥抱

无题①34

你的谜语

有时候

我真的猜不透

天上下着雨

人海茫茫

我不知道

那一滴红雨点

落在了何处

有时候

我会故意答错

有时候

我真的一片茫然

这与爱与不爱

没有关系

情绪会相互感染

思绪却会失之交臂

---

① 著名物理学家丁肇中教授在解释寻找暗物质时说道:"这项工作的难度
就像是北京正下着大雨,其中只有一滴是红色的,我们要找到它。"

我不止一次地希望

那一滴红雨点

恰巧落在了

我的手心上

无题 35

我一入睡

就开始做梦

蓝天透澈

阳光灿烂

我开着敞篷车

在高速路上飞驰

戴着墨镜

眼前的风景

都是一片灰蓝色

偶然

也会在枫树林里

吃上一顿法国大餐

在皇宫里

跳着热情的康康舞

或躺在沙滩上

喝着冰镇啤酒

看一群群海鸥

在远处的浪尖飞翔

有时候

开着无聊的会

梦里梦外

开不完的会

冗长而沉闷

总有人废话不停

像深黑的死水潭

冒出的一串串沼气

我总是这样

入睡在黑夜

却做着白日梦

入睡在东半球

却醒在了西半球

难道我的生命

是一种穿越

没有距离

没有时差

没有黑夜

也没有睡眠

无题 36

今天起晚了

睡了一个懒觉

睡出了一个

高高的太阳

床上全是阳光

全是微笑

全是阳光的味道

无题 37

杨柳，在春风的摇曳中

睡着了

白天的杨柳

也是熟睡的姿态

尽管飘然如烟

它，只想集聚所有的能量

一个劲地长个儿

比一米阳光

生长得还要快

它，不像玫瑰

需要打理花容

也不像蜡梅

需要酝酿花香

它，一心向上

拼命发芽

使劲地长叶

终于，桃红柳绿

成为春的半个品牌

无题 38

镜子

随时随地

就能复制

世间的万物

给眼睛和心灵

一个延展的空间

尽管虚空

左右倒置

不可走进

但你能

随时间永恒

刻录下

所有岁月的

笑容和泪痕

你不怕掩埋

拭去千年的尘土

你照样明亮

你也不怕破碎

因为破碎一次

你就复制一份空间

一份绵长的旧梦

无题 39

我看见

蝙蝠在夕阳里飞舞

颤动着黄昏的光线

我也看见

孤雁在其间穿行而过

留下一根淡淡的墨线

我还看见

暮云总想着把它包裹

好让自己也绣上金线

而我的指尖

曾在酡红的挂盘上涂鸦

留下了许多迷茫的点线

无题 40

黄昏

下起了小雪

天愈黑

雪愈大

我不知道

晶莹剔透的白雪

为什么钟情于

深不可测的黑夜

无题 41

散步于林中

忽然间

我抬头看见了

松间的一轮明月

这天然的亮化

勾勒出

一棵棵松树的形神

遒劲的点线

清冷的灰调

寂寥的古意

我在不经意中

走进了王维的诗里

行走在唐朝的月下

虽然我没有听到

石上流动的清泉

却感觉到了

历史在血液中潮涌

无题 42

初冬的深夜

我躺在

医院的病床上

听着窗外

锅炉房嗡嗡的响声

偶尔还有蒸汽的喘息

懵懂中

我以为自己

正坐着绿皮火车

旅行在香格里拉

但每隔两小时的血糖检测

针针见血

让我时断时续的梦境

一直陷落在

战火年代

无题 43

再粗深的皱纹

也有过靓丽的容光

再浑浊的眼珠

也有过妩媚的凝神

请不要沉迷于回忆

回忆容易碰触

痛苦的伤疤

也不要寄希望于未来

未来太接近死亡

无题 44

面对你的鲜活和灵动

我像一个衰老的国王

权力的魔杖已经生锈

仪式的辉煌正在黯然

爱的力量与爱的惩戒

如同我衰竭的心跳和呼吸

在漆黑的夜晚里无声无息

无题 45

我的睡眠

总是有梦

有的清晰

有的模糊

有的梦

断了以后还能续上

有的梦

我还会重复地去做

有许多梦

是白日梦的结局

有许多梦

是白日梦的序幕

梦里梦外

全都是梦

难道

我是一个追梦者

生活在盗梦空间

无题 46

上小学时

我拾过麦穗

上中学时

也拾过麦穗

我像一只麦地里的乌鸦

到处觅食

但那时候

我还不认识凡·高

金色的麦芒

长着细细的倒刺

像一缕缕凝固的阳光

散发着成熟的味道

把它放到嘴里

倒着刺吹

它会随风飘落

顺着刺吹

它会步步紧逼

直到刺痛你的喉咙

无题 47

我踩踏着

昨夜的雨点

走在林间小路

空气清新

路面泥泞

二月兰

才冒出芽尖

樱花

还未长出花蕾

一派素面朝天的样子

但春天的胎气

已经在脚底下躁动

我要在

百花分娩的四月

在林子的深处

小路的尽头

建上一座石塔

让春天

在华丽转身的那一刻

上演一个

古老的传说

无题 48

在校园里

我们为艾萨克·牛顿

塑了一尊像

并栽种了苹果树

科学遇上了艺术

奇迹发生的场景

这一次

苹果也许还会

砸在牛顿的头上

但他思考的

不是苹果

为什么会坠落

而是谁

咬了他手上的苹果

他还会疑惑

苹果既然被咬了一口

为什么没有变成

苹果手机

无题 49

我越来越感觉到

时光老人

在为我画像时

调色板上的黑白灰

用得越来越多

无题 50

把一切过往的痛苦

雪藏在

记忆的死角

未来

或许还有希望

就像厚厚的冰雪

覆盖住

秋天的落叶

来年

冰雪消融的时刻

你看到的

不会是满地的枯骨

而是一片片新绿

无题 51

面朝大海

不只是春暖花开

春暖花开

不一定面朝大海

面朝大海

总会有无限可能

无限可能

就会有春暖花开

无题 52

珠峰的岩石

沉积着无数的贝壳

今天

你是世界的第三极

至尊无限

但既生自海底

最终也将

归葬海底

就像人一样

来自泥土

归为泥土

在物理时空

也许我等不到

你的葬礼

但我的思想

可以穿越星云

达到光速

巡游在宇宙的边缘

因此

我物质生命的起源

孕育于母亲的子宫

而精神生命的起源

源自于宇宙爆炸的奇点

无题 53

你以为我在望呆

一个趔趄

差点儿跌倒在地

我在偷偷地望你

忘了脚下的路

你是十里春风

温暖无限

温馨的米黄调

像一片阳光

提亮了清纯的春色

也迷醉了我的心智

我没有跌倒在地

却跌倒你的心里

再也没有爬起

无题 54

今年清明

没有回乡扫墓

没有在父亲的坟前

献花供香烧纸鞠躬

没有把父亲的名字

用红漆描摹一新

之前的每一年

我都回去

去祭奠我的父亲

曾有一个念想

在我心里闪过

或许有点不孝

认为所有的仪式

都是做给活人看的

或者是安慰自己的

昨日午睡

我梦见了父亲

在我出生的老屋

他还是一贯的严肃

而我已经长大成人

我已经好久

没有梦见他了

现在我意识到

父亲知道

今年清明

儿子没有去看他

无题 55

回忆过往

你不可能拉回

一寸

流逝的光阴

让昨日重现

展望未来

你也无法逃避

一直

跟随的死亡

让自己永生

无题 56

四十五岁时

我的右手

溢出了几块老年斑

医生说

我的血液里

沉淀了一些黄褐素

需要吃欣雪安

一种银杏叶做的中药

一个诗意的药名

算是给足了面子

它们长在手上

不在脸上

遮掩了我的衰老

但我自己觉得

过了四十五岁

我的年龄

就再也没有长过

无题 57

满城的飞絮

随风起舞

沸沸扬扬

难道你们是

彼岸的幽灵

在清明之后

突然苏醒

披着五月的阳光

在你们的梦里

到处游荡

无题 58

沦陷

挣脱

再沦陷

再挣脱

反复循环

直到死去

不断地沦陷

是因为我拥有

爱的能力

不断地挣脱

是因为我不想

被爱窒息

无题 59

孔雀

你是天生的贵族

不仅因为你

阔步时的优雅

开屏时的辉煌

也因为你长着

一身蓝色的羽毛

我们把 blue blood

称作人类的贵族

因为他们

流淌着蓝色的血液

无题 60

一只黄蜂

在我的书桌前

飞来飞去

颤动的翅膀

像频闪的花瓣

在我的眼前脑后

嗡嗡作响

开合无常

我并不害怕

觉得它对我

毫无敌意

当然我也可以

一下拍死它

我有好多次

下手的机会

但我没有这样做

虽然没有邀约

我们无冤无仇

只是一次误入

它有它的空间

我有我的书桌

最终它飞向了

半敞的窗户

飞进了五月的细雨

无题 61

窗外的水杉树

撑满了我的窗户

天空成为碎片

密密麻麻的叶子

仿佛是一双双眼睛

你们是

绝佳的窥视者

有谁

能在这样的注视下

隐藏起自己的秘密

即便拉上窗帘

即便在黑暗中

无题 62

黄昏

我坐在街边

看着流动的汽车尾灯

发呆

迎面走来

一个挎包的小伙

年轻却疲惫

皮鞋上

落有半年的灰尘

与光芒四射的城市

格格不入

或许他包里

装的全是钱财

但我还是心生怜悯

希望他

忙碌的一天

有着快乐和收获

走进的夜晚

会有归宿和梦想

无题 63

午夜的一场雪

沸沸扬扬

纷纷洒洒

稀释了夜色的浓度

却加重了记挂的深度

忽然间

想起父亲的墓地

在城市的边缘

濠河的北岸

黑黝的树林

白色的坟头

无声的雪影

不知清明祭献的鲜花

是否还在雪中绽放

无题 64

世界

真的好透亮

光炬

来自四面八方

连影子

都无处伸张

只能让自己

在内心的黑暗中

躲藏

无题 65

窗外的每一盏灯火

都会有一个影子

每一个影子

都会有一个主人

每一个主人

都会有一个故事

每一个故事

都会有不同的结局

无题 66

哦

萤火虫

草丛中的雾水

熄灭不了

你微弱的火种

而天上的雾霾

却能遮挡

太阳的光芒

无题 67

在枕边

我听到

远处

隆隆的雷声

担心

午夜的暴雨

会淋湿

我的被子

或淹没

我的身子

无题 68

我希望

我的眼力

能够超越光的速度

那么

我就能置身

古今中外的每一个瞬间

看清以往的一切阴谋与爱情

无题 69

这个年代

地皮变得昂贵

而精神变得廉价

思想变得轻浮

空气却变得沉重

无题 70

一声汽笛

鸣叫在午夜的某一刻

我随之远行

你闻之梦醒

无题 71

人们

总是追随光明

却忽略

黑暗的庇护

总是大念苦经

却遗忘

曾有的幸福

无题 72

听着雨声入睡

梦都是潮湿的

听着你的呼吸入睡

梦都是温暖的

无题 73

阳光

是对生命的激励

月色

是对死亡的抚慰

无题 74

有感于吴建民先生的死讯——题记

对生死的无常

我外婆经常说

病人躺在床上

死人走在路上

无题 75

我曾经认为

父亲的死

对我的生活

会是一种毁灭

父亲死后

世界没有改变

我的生活

也没有毁灭

只是多了一份思念

少了一份管束

没有了一份倾诉

无题 76

我们都曾在梦中死去

体验过那死亡的恐惧

睡眠原是死亡的插曲

而"死亡"中的死去

正是死亡之神的艳遇

无题 77

都说人生如戏戏如人生

事实上我就是一个演员

我常常疑惑是我在演戏

还是戏在演着我的故事

别人以为我正上演正剧

我自己总想演一部喜剧

而命运却要我演绎悲剧

我不知道我将如何谢幕

无题 78

孔雀

你的蓝色

饱满深邃而沉静

带着灵性的光泽

仿佛只要一片羽叶

就能染尽一池清水

让春风再绿江南

让江水翠绿如蓝

你不仅染水

还要蒙天

地平线上那一抹抹湖蓝

难道也是你东南飞时

留下的一片片羽毛

无题 79

一天过去了

明天又将是一次重复

虽然可能

吃不同的饭

遇不同的人

干不同的活

做不同的梦

但所有这些不同

构不成崭新的一天

塑不出一个全新的我

所谓的不同

都是皮相的差异

没有精神的洗礼

没有灵魂的触及

没有情感的涤荡

走远的我

走来的我

都是今天的我

同样的呼吸

同样的心跳

同样的节奏

同样的思绪

今天和昨天一样

明天和今天一样

一日和一生一样

无题 80

他们已经

凶残地比过自己

但高低输赢

难见分晓

或是已见分晓

但意犹未尽

于是又拿孩子们

再去比试

他们自己

继续比自信

比能耐

比路子

比财力

比虚荣

孩子们则比外语

比奥数

比音乐

比绘画

比唐诗

比围棋

总是要把自己曾经输的

赢回来

把自己曾经赢的

再赢大

且记住

有时候

比是一种魔咒

一种恶

比的生活

不会快乐

快乐的生活

很少去比

无题 81

天气预报

发出了

橙色警报

今晚

暴雨将至

黑夜的风雨

仿佛会裹挟着

历史的吊诡

和政治的阴谋

在雨地里

再来一次

玄武门之变

雨水变成血水

午夜已过

暴雨未至

我先睡去

但我的浅梦

会被深深的雨水

淹没

无题 82

立夏

吃蛋

这是

家乡儿时的

说辞和期待

哪怕

只有一个鸡蛋

我们

也触摸到了

自然的脉动

二十四个节气

让季节分明

冷暖自知

仿佛是我们

贴身的衣裳

现在

我们天天吃蛋

却不知道

哪天冬至

哪天立夏

无题 83

乡愁

是物质的

是一碗香喷喷的白米饭

也是精神的

是与同桌的第一次牵手

乡愁

是乡村的

是村口静静的小河

也是城镇的

是窗外喧嚣的马路

乡愁

需要距离来产生

需要时间来打磨

乡愁

是人的主观意念

也是人的自然属性

乡愁

是我们过去的世界

曾经的时光

乡愁

只能用来回忆

不能用来复制

乡愁

是一个缥缈的梦境

只可远观

不可走近

一旦入梦

我们便再无乡愁

无题 84

唐人们

之所以能写出

如此纯净的山水诗

是因为他们的信息

来自于天地

他们是自然之子

而我们

之所以气浮心躁

词句冗长文字虚饰

是因为我们的信息

来自同类

我们是社会之人

无题 85

我宁愿宽容

夺我性命的英雄剑客

也绝不容忍

口蜜腹剑的无耻小人

无题 86

泰戈尔说

神的真正威力

不在暴风骤雨里

而在风和日丽中

我想说

人的真实魅力

不在慷慨陈词时

而在举手投足间

无题 87

自卑者

虽身处峰顶

但他内心的视角

还是始于

山的脚线

他总是

面朝阴暗

背对阳光

俯视众生

仰望自己

崇拜自己

欣赏自己

沉醉于自己

无题 88

——给一个我认识的人

你的自负

是你自卑的镜像

你的心计

是你心虚的波线

你的无能

是你无量的造影

无题 89

巴黎的公园

有这样的风景

年轻的母亲

一手推着婴儿车

一手拿着细长的香烟

烟雾袅袅地弥散

巴黎的空气

除了香水味儿

就是香烟味儿

年轻的母亲

让孩子坐在车里

看草看树看蓝天

自己则靠在长椅上

看人看书看指尖

她只用余光

照看孩子

用主光凝视着

手上的烟

或天边的云

孩子阳光的微笑

母亲沉浸的时光

一个天真的世界

一个浪漫的世界

两个世界

又近又远

时而合一

时而分离

孩子一天天长大

女人一天天老去

这道流动的风景

在巴黎的公园

百年不变

优雅自信的巴黎祖母

优雅自主的巴黎妈妈

优雅自由的巴黎女人

无题 90

丧钟

终于在五月

敲响

不是因为

走远的春天

也不是因为

某一个逝去的魂灵

这一次

五月敲响的丧钟

为一个伪君子而鸣

因为

他总沉溺在

虚幻的荣耀之中

热衷于

一次次策划的表演

处处标榜第一

以满足自己的虚荣

掩饰内心的自卑

他还自诩是一个

富有情怀的学者

其实

他从未走进

学术的领地

更不要说

走进艺术的王国

他只会用空洞的说辞

表达虚假的忠诚

猜忌与多疑

是他的性格

拖延与谎言

是他的习惯

无能和自私

是他的本质

他只崇拜自己

俯视下属

甚至目空一切

唯有对更大的权力

噤若寒蝉

唯唯诺诺

像一个奴仆

除了下跪

只会磕头

虽已形销骨立

心力交瘁

但丝毫不影响

他对权力的膜拜

因为他深知

权力的魔力

也只有依靠权力

才能获得

存在的感觉

所以

他一刻也不愿松开

哪怕是空握的拳头

仿佛只要握着

就握住了权柄

即便是松开

也要在手掌上

寻找出握柄的印痕

因为那是他的

心路历程

他的墓志铭

随着钟声的鸣响

他的权力城堡

即将坍塌

变成一个

永久的坟墓

他也将成为一个

被人们唾弃的孤魂

一个再也归来不了的

木乃伊

无题 91

世上有许多

用加法做成的名片

比如

某某名誉会长

某某常务理事

某某兼职博导

某某客座教授

某某特聘顾问

某某独立董事

某某主任记者

某某教授高工

某某权威学者

某某首席专家

某某气功大师

某某学界泰斗

某某人才工程培养对象

某某国际大赛终审评委

北美书法中心主任

环球艺术大学校长

银河娱乐会所 COO

宇宙物流公司 CEO

苏东坡第八十代子孙

一代宗师的关门弟子

享受副处待遇的科长

相当于副厅级的处长

……

世上也有许多

用减法做成的墓志铭

比如

"葬于此地的

是托马斯·杰斐逊

美国《独立宣言》的起草人

弗吉尼亚《宗教自由法》的起草人

弗吉尼亚大学的创建人"

仅此三项

他在自己的墓碑上

减去了

弗吉尼亚第一任州长

减去了

美国第一任国务卿

减去了

美国第二任副总统

减去了

美国第三任总统

无题 92

小时候

并不知道

万岁的含义

大家喊

跟着喊

他们喊

我也喊

天天喊

日日喊

喊多了

喊熟了

也就明白了

万岁

就是长生不老

就是永远不死

原以为

这是当代的发明

现代的创新

不承想

山呼万岁

早已喊了几千年

它是历史的积淀

传统的继承

真诚的祈愿

虚假的恭维

但这不是我的错

那时代

我们遗忘了历史

我们没有了历史

想到此

我常常为

六十岁死去的父亲

深感缺憾

尽管他是一介草民

我觉得

既有万岁

他至少还可以

再活一百年

无题 93

乞丐

常常弯着腰

注视着地面

希望捡拾到

一两个铜板

好填饱肚子

心满意足地走回

暂栖之所

就像阿 Q

回到土谷祠

诗人

总是挺直着腰

翘望星空

哪怕身体羸弱

哪怕食不果腹

也要思考着

通向灵魂的

未来之路

无题 94
——读严歌苓的《芳华》

平凡即伟大

伟大即平凡

这句自欺欺人的口号

流行了很久

抑或还会流行下去

它让多少平庸之人

无能之辈

做足了英雄梦

且记住

只有真正的英雄

可以说自己平凡

就像现在的富人

尽情吹嘘过往的贫寒

而平头百姓

不能说自己伟大

甚至不能说自己平凡

平凡就是平凡

伟大才是伟大

无题 95

我杀过一个人

在梦里

我常做这样的梦

杀的好像是同一个人

但醒来之后

噩梦并没有结束

它刻录在记忆里

让我觉得

自己真的杀过人

我是一个漏网的罪犯

一直在隐瞒

一直在躲避

一直在遗忘

但法网恢恢

疏而不漏

迟早会被绳之以法

好像每一个凶手

都在等待着

这一天

我模糊记得

我把尸体掩埋了

但记不清

埋在了哪里

好像有一个

很深的坑道

幽暗的尽头

隐藏着我的罪恶

我希望那个

梦中的坑道

早已坍塌

没有了出入口

你们没有了证据

我也没有了秘密

我之所以不断做梦

做杀人的梦

或许是一种暗示

我是强盗投胎

在我的前世

我杀人如麻

又害怕

今生的梦境

或许是我来世的序幕

无题 96

仿佛就在一夜间

树林中

多出了一片蝉鸣

这份热闹

着实给夏天

增添了一份安宁

无题 97

笼中的小鸟

请你回答

笼门打开后

你是会飞走

还是会留下

你回答道

飞走

觅食艰难

或许会饿死

但留下

衣食无忧

失去的

却是自由

我不做选择题

我只选择生存

无题 98

我打开清晨的窗户

外面还飘洒着午夜的雪花

纷乱得就像我此刻的心绪

无题 99
——一个梦境的记述

我在一艘

泊在岸边的大船上

船上有好多人

熙熙攘攘

有的认识

有的不认识

我想避开吵闹

走到了

相对安静的船尾

不料却一脚踩空

随一块松动的木板

坠入河中

同时掉下的

好像还有一个人

我应该认识他

但记不清姓名

也记不清模样

只有灰暗凌乱的画面

河水湍急

我怕顺流而下

漂过了长江大桥

漂过了故乡的堤岸

漂进了长江入海口

我害怕那无边的水面

那是我童年记忆中的

海阔天空

我知道

我游不到此岸或彼岸

我拼命地用手划水

像当年渡江的士兵

虽然没有

当年的炮火和枪弹

划着划着

木板变成了小船

划着划着

小船靠近了岸边

划着划着

小船驶进了一条水巷

水巷两边都是房子

密密匝匝

层层叠叠

有点像乌镇或是周庄

白墙黑瓦

石板青砖

还有长廊

水巷上

还有好多的木桥石桥

桥下有门

船到门开

船过即关

一切都是过去时

一切都是老故事

还有模糊的

长袍西装和礼帽

河水

像留声机一样在流淌

我以为

这一回

多半是要死在民国了

不知划了多久

小船来到一个汊河口

那儿的水里设有栅栏

栅栏上飘着彩旗

像是水泊梁山

河边停着一条小船

上面竟有售票处

还有守门人

好像是一位老者

但不像梁山好汉

照样是相貌模糊

他告诉我

如果想看另一道水景

就得坐他的船

交四十元

我身无分文

又饥肠辘辘

也没有再看风景的心情

否则

说不定要早死一千年

不是死在北宋

就是死在南宋

甚至死无葬身之时

我弃船上岸

走在了一条

乡村的道路上

那里山清水秀

景色宜人

十里桃树

万亩水塘

桃花虽谢

但荷花盛开

荷叶田田

各种珍禽

或立或飞

姿态万千

有鹭鸶锦鸡

孔雀鸳鸯鹌鹑

应有尽有

还有许多

报不出名字

但全是宋画里的格调

只是现在

图画变成了电影

静物变成了活物

一条小溪

涓涓而流

水中还有各色金鱼

五彩斑斓

我以为踩着这条小溪

就能寻回原路

回到我的大船

继续我的旅行

突然间

一阵电话铃声

把我从水中捞起

我这才发现

自己还躺在床上

而我现在即便想死

也只能死在当下

无题 100

我确信

她现在早已死去

在我上小学的时候

她已经七老八十

眼瞎背驼

我本以为

在某个寒冷的早晨

会听到她的死讯

但每天的黄昏

在放学的路上

我又看到她的背影

一瘸一拐

颤颤巍巍

走进那

永远没有光亮

也没有温度的小屋

没有人知道

清晨她何时离开

白天待在何处

又在哪里

解决一日三餐

每一次

黄昏时归来的她

虽步履蹒跚

但没有一点饥饿的神态

似乎饱餐的她

让暮光也变得温暖

也让我的梦有了颜色

日复一日

年复一年

她的归来

就像十字街钟楼的钟声

一样固定

一样准点

我曾不止一次地担忧

甚至成为一种等待

每一个黑夜

都会成为她永远的黑夜

走进了那间小屋

就像走进了棺材

但直到我高中毕业

每一个黄昏

无论春暖秋晴

还是风里雨里

她依旧归来

一瘸一拐

颤颤巍巍

走进那

永远没有光亮

也没有温度的小屋

图书在版编目（CIP）数据

无题集 / 刘伟冬著 .—北京：作家出版社，2019.4
ISBN 978-7-5212-0487-2

Ⅰ. ①无…　Ⅱ. ①刘…　Ⅲ. ①诗集－中国－当代
Ⅳ. ① I227

中国版本图书馆 CIP 数据核字（2019）第 070782 号

无题集

作　　者：刘伟冬
责任编辑：徐　乐
装帧设计：丁奔亮
出版发行：作家出版社有限公司
社　　址：北京农展馆南里 10 号　　　邮　　编：100125
电话传真：86-10-65067186（发行中心及邮购部）
　　　　　86-10-65004079（总编室）
E-mail:zuojia @ zuojia.net.cn
http://www.zuojiachubanshe.com
印　　刷：三河市兴博印务有限公司
成品尺寸：142×210
字　　数：91 千
印　　张：4.75
版　　次：2019 年 4 月第 1 版
印　　次：2019 年 4 月第 1 次印刷
ISBN 978-7-5212-0487-2
定　　价：55.00 元